Dieses Buch gehört:

Kirsten Boie, 1950 in Hamburg geboren, studierte dort Germanistik und Anglistik und arbeitete als Lehrerin. Inzwischen sind von ihr weit mehr als hundert Bücher erschienen und in zahlreiche Sprachen übersetzt worden. Kirsten Boie gehört zu den renommiertesten deutschen Kinderbuchautoren und wurde für ihr Gesamtwerk mit dem Sonderpreis des Deutschen Jugendliteraturpreises ausgezeichnet.

Maja Bohn, 1968 in Rostock geboren, arbeitete im Berliner Buchhandel und Verlagswesen, bevor sie an der Kunsthochschule Berlin Weissensee Kommunikationsdesign studierte. Seit 2002 arbeitet sie als freiberufliche Illustratorin und Autorin für das In- und Ausland. Ihre Kinderbücher wurden mehrfach ausgezeichnet.

Kirsten Boie

Thabo und Emma
Diebe im Safari-Park

Mit Bildern von
Maja Bohn

Verlag Friedrich Oetinger · Hamburg

Auf Seite 56 findest du eine Liste von Wörtern in Thabos Sprache.
Und auf Seite 57 stehen noch mal die Namen der wichtigsten Personen.

Aber jetzt erst mal der Kriminalfall!

1. Kapitel

„Ist irgendwas passiert?“, fragt Thabo, als er das Polizeiauto sieht.

Eigentlich wollte er nur seine beste Freundin Emma abholen. Aber jetzt steht auf dem Hotel-Parkplatz das Polizeiauto von Inspector Gwebu. Da muss er natürlich wissen, was los ist.

„Inspector Gwebu wollte nur mit meiner Mutter sprechen!“, sagt Emma.

Emmas Mutter gehört nämlich das Hotel Lion Lodge, und das liegt mitten in einem großen Safari-Park. Thabos Onkel Vusi kümmert sich im Park um die Tiere. Und um die Touristen. Und weil Thabo bei seinem Onkel lebt, sind Thabo und Emma schon immer allerbeste Freunde.

„Was wollte er von ihr?“, fragt Thabo. „Inspector Gwebu von deiner Mutter?“

Emma zuckt die Achseln. „Irgendwas wegen einer Diebesbande!“, sagt sie. „Die Touristen ausraubt! Er wollte wissen, ob bei uns auch schon einem Touristen was geklaut worden ist.“

„Und? Ist es?“, fragt Thabo.

Emma schüttelt den Kopf. „Nee, noch keinem“, sagt sie. „Warum bist du gekommen?“

„Onkel Vusi möchte, dass wir mit ihm auf Safari-Tour gehen!“, sagt Thabo. „Heute hat er zehn Gäste! Wir sollen ihm helfen.“

„Oh, supi!“, sagt Emma. Mit der Fernbedienung öffnet sie das elektrische Parkplatz-Tor. „Dann nichts wie los.“

Aber Thabo runzelt die Stirn. „Mit was für Tricks?“, fragt er.

Emma starrt ihn an. „Hä?“, sagt sie.

„Die Diebesbande!“, sagt Thabo. „Hinter der Inspector Gwebu her ist! Mit was für Tricks arbeitet die?“

Emma zuckt wieder die Achseln. „Keine Ahnung!“, sagt sie.

Dabei wäre es natürlich eigentlich gut, Inspector Gwebu bei seiner Verbrecherjagd zu helfen. Das wissen Thabo und Emma beide. Inspector Gwebu macht leider öfter mal Fehler. Thabo und Emma dagegen haben schon einige Verbrechen aufgeklärt. Schließlich will Thabo später mal Privatdetektiv werden.

Aber jetzt kann er sich leider nicht um Inspector Gwebus Fall kümmern. Jetzt wartet Onkel Vusi, damit die Safari-Tour endlich anfangen kann.

2. Kapitel

„Aber Vorsicht, Vorsicht!", ruft Onkel Vusi, als er den Motor seines Safari-Jeeps ausschaltet. Sie sind schon eine ganze Weile mit den Touristen unterwegs. Jetzt hat Onkel Vusi neben einem kleinen roten Polo in einer Parkbucht angehalten. „Seien Sie um Himmels willen vorsichtig, wenn Sie hier aussteigen!"

Thabo sitzt neben ihm auf dem Beifahrersitz. Und zwischen ihnen sitzt Emma. „Ja, denken Sie bitte immer an die Löwen!", sagt Thabo und springt aus dem Wagen.

„Und an die Nashörner!", sagt Emma und springt auch.

„Das ist hier nämlich kein Zoo!", sagt Thabo streng. Natürlich war Thabo noch niemals in einem Zoo. Aber er weiß, dass die Tiere im

Zoo hinter Gittern leben. Da ist man als Besucher sicher. In Lion Park laufen alle Tiere frei herum. Da kann man ihnen jeden Augenblick begegnen.

Die Touristen klettern vorsichtig über die Leiter von der Aussichtsplattform des Jeeps nach unten. Sie sehen ein bisschen ängstlich aus. Fast so, als ob sie sofort mit dem ersten Löwen rechnen. Und vielleicht hat der erste Löwe ja gerade Hunger?

Eine alte Frau bleibt sogar sitzen. „Hier finde ich es auch schön!“, sagt sie, als Thabo ihr die Leiter herunterhelfen will. „Ich bleibe lieber im Wagen.
Vielen Dank,
mein Junge!“

3. Kapitel

„Zum Aussichtspunkt geht es da entlang!“, sagt Thabo und zeigt den Touristen einen schmalen betonierten Weg, der aufwärts durch den Busch führt. „Nur zehn Minuten, dann sind Sie da!“

Aber jetzt haben die ersten Touristen das Warnschild entdeckt. Solche Warnschilder stehen im Safari-Park überall da, wo die Touristen den Jeep verlassen dürfen. Viele Stellen sind das sowieso nicht. Und auf den Schildern steht klar und deutlich, dass die Besucher sich auf eigene Gefahr auf den Weg machen. Und dass sie gewarnt worden sind, wie gefährlich das sein kann.

Außerdem zeigen kleine Bilder, mit welchen Tieren hier zu rechnen ist.

„Elefanten!“, ruft eine junge Frau. „Nashörner, Nilpferde, Leoparden! Ich weiß nicht …“

„Und Löwen!“, sagt ihr Freund begeistert. „Wow! Krokodile, Büffel und Schlangen!“ Er legt ihr den Arm um die Schultern. „Keine Sorge, ich pass auf dich auf!“

„Als ob ich das nicht selber könnte!“, sagt die junge Frau ärgerlich und schüttelt seinen Arm ab. „Auf geht's!“ Und schon macht sie sich auf den Weg.

„Wir auch?“, fragt Emma und boxt Thabo in die Seite.

„Müssen wir wohl!“, sagt Thabo und seufzt. Er ist diesen Weg schon mindestens hundertmal gegangen. Oder tausendmal. Da findet er ihn eigentlich langweilig. Aber er weiß ja, dass manche Touristen sich erst trauen, wenn er mitkommt. Er oder Onkel Vusi.

Und so ist es auch dieses Mal wieder. Kaum sind Thabo und Emma losgegangen, da folgen ihnen auch die Touristen.

Wenn die wüssten!,
denkt Thabo.

4. Kapitel

„Oh mein Gott!“, flüstert eine Touristin und geht in die Knie. Dann fotografiert sie hektisch den Betonweg mit ihrem Handy.

„Tatsächlich!“, ruft ein anderer Tourist und beugt sich neben ihr nach unten. Dann fotografieren sie plötzlich alle.

Emma grinst Thabo an, und Thabo grinst zurück. Sie kennen das schon. So ist es jedes Mal.

Im Betonweg sind nämlich Tierspuren. So als wäre irgendwann, als der Beton noch frisch und feucht war, ein Tier quer darübergelaufen und hätte seine Pfoten-Abdrücke im weichen Boden hinterlassen. Dann ist der Beton hart geworden. Und die Abdrücke sind immer noch da. Für die Ewigkeit.

„Was war denn das für ein Tier?“, flüstert ein alter Mann und fotografiert gleich noch mal.

„Leopard“, sagt Thabo. Er muss nicht mal nach unten gucken. Er kennt die Spuren auswendig. Die Touristen fragen ihn ja jedes Mal.

„Wir gehen lieber wieder zum Wagen!“, sagt ein älteres Ehepaar. „Falls der Leopard …“

In diesem Augenblick kommt ihnen ein alter Mann entgegengestolpert. Er starrt die ganze Zeit nur auf den Boden vor seinen Füßen und guckt sie gar nicht an. Dabei murmelt er vor sich hin.

„Sawubona!", ruft Emma ihm nach. „Man kann ja wohl wenigstens mal grüßen! Wie unhöflich!"
Aber den Touristen ist der alte Mann egal.

„Da ist schon wieder eine Spur!", zischt eine Frau. „Was Großes!"

„Elefant", sagt Thabo. „Und das da war eine Reh-Antilope."

„Kennst du echt alle Spuren?", fragt ein kleiner Junge beeindruckt.
Thabo nickt. „Ist einfach", murmelt er.
Emma guckt ihn an.
Natürlich erzählen sie

den Touristen beide nicht, wie die Spuren in Wirklichkeit zustande gekommen sind. Wie können die Touristen bloß glauben, dass ausgerechnet in der kurzen Zeit, die der Beton zum Trocknen gebraucht hat, so viele verschiedene Tiere hier entlanggelaufen sind! Touristen sind manchmal wirklich dumm. In Wirklichkeit haben die Ranger die Abdrücke gemacht, extra für die Touristen. Wenn die jetzt auf ihrem kleinen Ausflug keinem Tier begegnen, haben sie wenigstens die Spuren gesehen und sind zufrieden. Die Spuren beweisen ja, dass es all die gefährlichen Tiere vom Warnschild hier wirklich gibt.

Und das stimmt auch tatsächlich.

5. Kapitel

Aber plötzlich raschelt es in den Zweigen über ihnen!

„Hilfe!“, schreit der junge Mann. Dabei wollte er eben noch seine Freundin beschützen! „Der Leopard!“

Sogar die Touristen wissen ja, dass Leoparden gerne hoch oben auf einem Ast liegen und auf Beute lauern.

Und jetzt wird das Rascheln sogar noch lauter! Der junge Mann hat sich längst umgedreht und rennt zurück. Dabei verhakt sich sein T-Shirt in einem Zweig. „Hilfe, mich hat irgendwas gepackt!“

Ein paar Touristen wollen hinterher. Aber Thabo stellt sich ihnen in den Weg. Dabei legt er warnend einen Finger auf die Lippen und zeigt nach oben. „Bitte nicht ganz so laut!“, flüstert er. „Ihr Leopard ist eine Affenfamilie! Meerkatzen! Und wenn Sie so laut sind, verschwinden die alle wieder!“

„Ach, nur Affen!“, sagen die Touristen erleichtert. Dann machen sie Fotos und Videos wie verrückt. Zum Glück lassen die Meerkatzen sich nicht stören. Vor Touristen haben sie keine Angst. Die Touristen nur manchmal vor ihnen.

6. Kapitel

Als die Gruppe zum Jeep zurückkommt, sind alle Touristen ziemlich fröhlich. Sie haben Affen gesehen, und sie haben Tierspuren gesehen, und sie haben sogar noch einen Pillendreher-Käfer gesehen. Und niemand hat sie gefressen. Genauso wünschen sie sich ihre Ausflüge.

„Thabo, du musst dem Herrn hier eben noch mal helfen!“, ruft Onkel Vusi. Er wartet neben seinem Jeep.

Thabo sieht, dass es um den unhöflichen alten Mann von eben geht. Der ist also mit dem kleinen roten Polo gekommen.

„Der Herr hat auf dem Weg sein Handy verloren!“, sagt Onkel Vusi. „Er hat es gesucht und gesucht, aber er konnte es nicht finden! Ihr habt es nicht zufällig gesehen?“

Thabo schüttelt den Kopf.

„Irgendwo hier muss es ja sein!“, murmelt der alte Mann. „Ach, meine Nachbarin hat recht!

Ich bin einfach doch zu alt für solche Reisen! Ich kann ja nicht mal …“

Aber Onkel Vusi schüttelt heftig den Kopf. „Ngiyacolisa, aber das sind Sie bestimmt nicht, Babe!“, sagt er tröstend. „Hier ist alles für Sie bereit! Ich weiß, Sie glauben, wenn Sie mal in die Büsche müssen …“

„Onkel Vusi!“, rufen Thabo und Emma erschrocken. (Dabei ist Onkel Vusi gar nicht Emmas Onkel.)
Aber Onkel Vusi lässt sich nicht unterbrechen. „… dann gibt es ein Problem!“, ruft Onkel Vusi. „Das denken Sie doch, oder? Aber wir wissen das, wir wissen das! Darum haben wir ja auch überall …“

„Onkel Vusi!“, rufen Thabo und Emma wieder. Wie peinlich kann man denn sein?

„… kleine Häuschen aufgestellt!“, ruft Onkel

Vusi begeistert. „Damit die Gäste nicht in den Busch müssen, wenn sie in die Büsche müssen! Wir sorgen für unsere Gäste!“

Thabo wirft einen Blick auf den alten Mann. Zum Glück hat der vielleicht gar nicht verstanden, was Onkel Vusi meint.

Aber Thabo hat es natürlich verstanden. Und Emma auch. Darum rollt Emma wie wild mit den Augen.

Viele Touristen sind nämlich so alt, dass sie öfter mal in die Büsche müssen. So ist das ja manchmal bei alten Leuten. Aber das geht im Park natürlich nicht so einfach! Das wäre ja viel zu gefährlich! Wer weiß, was dabei alles passieren könnte!

Darum gibt es oben ein paar Toiletten-Häuschen. Ein bisschen ungerecht findet Thabo das schon. Nicht mal die Menschen in den Dörfern haben ja Toiletten-Häuschen! Und viele Schulen auch nicht. Aber die Touristen kriegen natürlich welche!

„Sonst würden die doch niemals herkommen!“, hat Emma gesagt. „Wenn sie wirklich immer in den Busch müssten, um zu – du weißt schon!“ Natürlich wollte sie es nicht genauer erklären. „Wir brauchen die Touristen doch!“

„Na gut! Meinetwegen“, hat Thabo gesagt. Vielleicht wäre es wirklich nicht so toll, wenn eine Schlange einem Touristen in den Po beißen würde. Oder ein Nilpferd. Ohne Touristen hätte Onkel Vusi keinen Job. Und Emmas Mutter auch nicht.

7. Kapitel

„Okay, ich such nach Ihrem Handy!“, sagt Thabo jetzt zu dem alten Mann. „Nehmen Sie mich danach in Ihrem Auto wieder mit zurück zum Ausgang? Dann muss Onkel Vusi mit den Gästen nicht die ganze Zeit auf mich warten!“

„Natürlich, mein Junge, ich will sowieso so schnell wie möglich wieder in mein Hotel!“, sagt der alte Mann traurig. „Ich bin einfach zu alt! Wenn ich jetzt schon mein Handy verliere!“

„Ich fahr mit Onkel Vusi“, sagt Emma. „Falls der mich braucht.“ Dann steigt sie in den Jeep.

„Wann haben Sie denn bemerkt, dass Ihr Handy weg ist?“, fragt Thabo.

Der alte Mann seufzt. „Oben am Aussichtspunkt!“, sagt er. „Wo man den weiten Blick über die Steppe hat bis zum Meer! Da war eine Büffelherde! Und drei Nashörner waren auch ganz gut zu sehen! Da wollte ich mein Handy rausholen …“

„Wo haben Sie das immer?“, fragt Thabo.

Der alte Mann zeigt auf einen kleinen Rucksack. „Da drin!“, sagt er. „Ich hatte ihn auch zugemacht! Aber es muss trotzdem rausgefallen sein.“

Thabo nickt. „Warten Sie bei Ihrem Auto!“, sagt er.

8. Kapitel

Dieses Mal läuft Thabo ein bisschen schneller als mit den Touristen, und dabei guckt er die ganze Zeit auf den Boden. Eigentlich hat er das eben natürlich auch schon gemacht. Weil die einzigen Tiere, vor denen Thabo sich wirklich fürchtet, Schlangen sind. Aber auch wenn Thabo auf dem Weg manchmal sogar Zweige zur Seite schiebt, um darunter nachzusehen: Das Handy bleibt verschwunden.

Neben dem Weg tobt immer noch die Affenfamilie. Thabo seufzt. Das wäre jetzt ja das Allerblödeste! Aber das Allerwahrscheinlichste wäre es auch.

9. Kapitel

„Nichts!“, sagt Thabo entschuldigend, als er zur Parkbucht zurückkommt. „Tut mir wirklich leid!“

Der alte Mann schließt das Auto auf und winkt Thabo herein. „Aber irgendwo muss es doch sein!“, sagt er unglücklich.

Thabo zuckt die Achseln. „Es gibt da ziemlich viele Meerkatzen, wissen Sie?“, sagt er. „Die klauen alles, was nicht niet- und nagelfest ist. Und wenn Ihnen Ihr Handy runtergefallen ist, haben die es vielleicht aufgesammelt. Dann nehmen sie es mit nach oben in die Bäume. Und wenn es sie langweilt, lassen sie es einfach fallen. Aber das ist dann bestimmt schon irgendwo ganz anders. Das finden wir nicht mehr.“

„Ach, es ist ein Elend!“, sagt der alte Mann. Er lässt den Motor an. „Andererseits will ich nicht zu sehr klagen! Mich hätte ja auch ein Löwe fressen können! Da ist es doch besser, dass ich nur mein Handy verloren habe!“

„Yebo“, sagt Thabo. Sie fahren jetzt im Schritttempo über den schmalen sandigen Weg. „So riesige Angst müssen Sie aber gar nicht haben, wissen Sie, Babe? Nicht am helllichten Tag. Sobald es dämmerig wird, ist das natürlich was anderes. Dann würde niemand mehr aus seinem Wagen steigen!“

„Aber die Warnschilder!“, sagt der alte Mann. „Das sieht so gefährlich aus!“

„Yebo, stimmt ja auch alles!“, sagt Thabo. „Aber doch nur, wenn die Tiere Angst vor Ihnen haben! Dann tun die Ihnen natürlich was. Weil sie sich nämlich verteidigen wollen! Aber sonst greifen sie Menschen nicht an, Löwen und Leoparden und alle. Menschen gehören nicht zu ihrem Beuteschema. Die jagen lieber Antilopen. Aber gegen Menschen haben sie eigentlich nichts.“

„Wirklich?“, fragt der alte Mann.

„Außer Krokodile!“, sagt Thabo. „Die sind echt gruselig. Die finden Menschen lecker.“

„Wie grässlich!“, sagt der Mann.

„Und Nilpferde haben immer schlechte Laune!“, sagt Thabo. „Die ärgern sich, wenn ein Mensch Ihnen aus Versehen den Weg zum Wasser versperrt. Nilpferde bringen Sie ruckzuck um. Obwohl die Pflanzenfresser sind.“

„Na, das reicht mir schon, vielen Dank!“, sagt der Mann und biegt in den breiteren Weg zum Park-Ausgang ein. „Da brauch ich gar keine gefährlichen Löwen und Elefanten mehr! Ich bleibe lieber vorsichtig.“

„Das ist auch zu empfehlen“, sagt Thabo.

10. Kapitel

Dann kommen sie am Schild zu einem von diesen Häuschen vorbei. Den Häuschen, damit die Touristen nicht in den Busch müssen, wenn sie in die Büsche müssen.

Das wäre natürlich auch eine Möglichkeit!

„Haben Sie vorhin vielleicht mal ...?“, fragt Thabo. Er weiß nicht so richtig, wie man so was fragen kann, ohne unhöflich zu sein.

„Waren Sie vielleicht vorhin mal in so einem … Da könnten wir dann ja auch noch mal nachgucken!“

Der Man kneift die Brauen zusammen, als ob er nachdenkt. Dann fängt er an zu lachen. „Ach so!“, ruft er. „Ob ich auf dem Klo war? Nein, war ich nicht! Schade, ja, da könnten wir sonst wirklich auch noch mal suchen."

Dass die Touristen einfach so über solche Sachen sprechen! Thabo ist das immer peinlich.

„Vielleicht haben Sie das Handy ja auch einfach nur im Hotel liegen lassen, Babe?", fragt er darum schnell. Jetzt möchte er lieber das Thema wechseln.

Aber der Mann schüttelt den Kopf. „Da bin ich mir ganz sicher!", sagt er. „Ich hab es ja hinterher noch gehabt! Als ich das Eintritts-Ticket für den Park gekauft habe!"

„Da hatten Sie es noch?", fragt Thabo. Plötzlich hat er ein ganz komisches Gefühl. Er weiß selbst nicht genau, warum. Aber gerade ist ihm Inspector Gwebus Diebesbande wieder eingefallen.

11. Kapitel

„Wieso erinnern Sie sich daran so genau?“, fragt Thabo.

„Wegen der Autonummer!“, ruft der alte Mann. „Das hier ist doch ein Mietwagen, Junge! Den hab ich am Flughafen gemietet, als ich gelandet bin! Und glaubst du, da kenne ich die Nummer auswendig?“

Thabo schüttelt den Kopf.

„Aber man muss ja seine Autonummer angeben, wenn man das Ticket kauft und in den Park fährt“, sagt der Mann.

„Klar!“, sagt Thabo. „Die wird registriert, wenn Sie reinfahren. Und dann wird sie weggestrichen, wenn Sie wieder rausfahren. Abends, wenn die Wachen die Parktore für die Nacht schließen. Dann prüfen sie, ob auch jedes Auto wieder rausgekommen ist, das morgens reingefahren ist. Sonst suchen sie danach. Das ist zur Sicherheit der Touristen."

„Weiß ich doch!", sagt der Mann. „Darum hab ich meine Nummer mit dem Handy fotografiert und sie dem Mann an der Kasse gezeigt." Er guckt Thabo triumphierend an. „Früher hab ich sie immer auf einem Zettel aufgeschrieben. Aber jetzt geht das ja einfach mit dem Handy."

„Und dann?", ruft Thabo. Endlich weiß er, warum er so aufgeregt ist. „Was war dann?"

Natürlich! Das ist die Lösung! Vielleicht finden sie gleich nicht nur das Handy wieder. Vielleicht ist Thabo gerade auch Inspector Gwebus Diebesbande auf der Spur.

12. Kapitel

„Ja, das war komisch!“, sagt der Mann. „Der junge Kerl an der Kasse hatte so schlechte Augen! Er konnte die Nummer auf dem Handy gar nicht lesen, als ich es ihm hingehalten habe! Dabei konnte ich sie gut erkennen! Da habe ich ihm das Handy gegeben. Er musste

ja so ein langes Formular für mich ausfüllen und tausend Sachen fragen! Und ich musste es zu Ende ausfüllen, mein Geburtsdatum und mein Hotel und die Adresse eintragen. Und dann musste ich noch unterschreiben. Und das Geld für das Ticket raussuchen. Und dann konnte er leider nicht wechseln. Und ich musste nach Kleingeld suchen. Und dann ...“

„Dann hat er Ihnen das Handy nicht mehr zurückgegeben!“, sagt Thabo. „Oder?“

Der Mann starrt Thabo an. „Tatsächlich!“, sagt er. „Du hast recht, Junge! Ich habe mein Handy an der Kasse vergessen!“

Vergessen!, denkt Thabo. Ha! Genau das ist der Trick dieser Gauner! Sie lassen sich das Handy geben. Angeblich, weil sie die Autonummer nicht lesen können. So ein Quatsch! Und während die Touristen dann das lange Formular durchlesen und ausfüllen und unterschreiben und nach Kleingeld suchen und aufgeregt werden, weil sie keins finden, lassen die Gauner das Handy einfach unbemerkt unter ihrem Tresen verschwinden. Solche Tsotsis! Bestimmt klappt das bei vielen Leuten. Später glauben die dann, ihnen ist das Handy irgendwo aus der Tasche gefallen. Das sieht man ja gerade.

„Sie haben Ihr Handy nicht einfach so vergessen!“, ruft Thabo. „Das ist ein Trick, Babe, glauben Sie mir! Und wir fahren jetzt und überführen die Verbrecher!“

13. Kapitel

Dann schickt Thabo Inspector Gwebu eine SMS. „Sofort zum Eingang von Lion Park kommen!“, schreibt er. „Diebesbande überführt!“

Obwohl das ja noch gar nicht stimmt. Aber bis Inspector Gwebu da ist, hat Thabo bestimmt den Beweis.

„Nein, nein, das war ganz allein meine Schuld!“, sagt der alte Mann. „Ich hab das Handy einfach vergessen! Die Wachen am Eingang haben nichts damit zu tun!“

Aber Thabo hat schon zu viele Verbrecher kennengelernt. Darum glaubt er nicht an ein Versehen. „Warten Sie im Auto!“, sagt er. „Ich geh rein und frage, ob heute Morgen ein Handy liegen geblieben ist! Wir geben den Dieben noch eine Chance.“

14. Kapitel

Im Eingangsgebäude ist Thabo jetzt mit den beiden Männern an der Kasse allein. „Sanibonani!“, sagt er. „Ein Tourist hat hier heute Morgen sein Handy vergessen. Kann er das bitte wieder…“

„Hier hat niemand ein Handy vergessen!“, sagt einer der Männer. So ein bulliger Typ mit Riesenmuskeln. „Hast du hier ein Handy gesehen, Khulekani?“

„Ein Handy? Nein, hab ich nicht!“, sagt der andere. Er ist klein und drahtig und trägt eine Brille. „Tut uns leid, Junge!“

Aber Thabo hat sich schon weit über den Tresen gebeugt. „Und was ist *das*?“, ruft er triumphierend.

Unter einem Stapel Straßenkarten für den

Park guckt die Ecke eines Handys heraus. Mit Schwung schiebt Thabo den Stapel beiseite. Darunter liegen sogar sechs verschiedene Handys!

„Ha!“, ruft Thabo. „Das ist wohl eure heutige Ausbeute, was? Glaubt ja nicht, dass ihr damit durchkommt!“

Da reißt ihm schon jemand die Hände auf den Rücken.

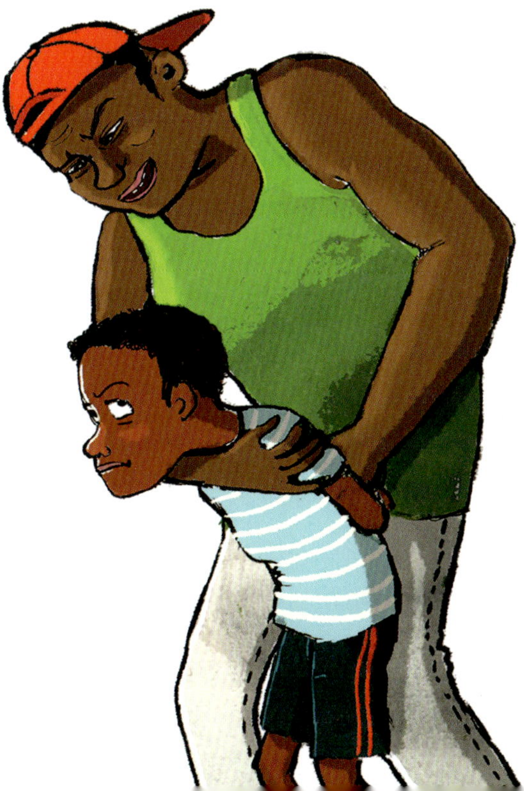

15. Kapitel

„Du hättest dich besser nicht eingemischt!“, zischt der bullige Typ, als er Thabo vor sich her in den Schuppen stößt. Hier bewahren eigentlich die Ranger ihre Werkzeuge auf. „Mach es dir gemütlich, Junge! Heute Nacht kommst du hier nicht mehr raus! Und was wir danach mit dir machen, wirst du dann ja sehen!“

Er zieht die Tür hinter sich zu. Aber vorher dreht er sich noch einmal um. „Und dein Handy gibst du mir auch! Nicht dass du noch irgendwen informierst! Und wir haben dann gleich noch eins mehr, vielen Dank!"

Dann hört Thabo, wie der Schlüssel im Schloss gedreht wird.

Wie konnte ich nur so blöde sein!, denkt er. Er lässt sich auf eine Schubkarre fallen. Ich hätte einfach nur warten müssen, bis Inspector Gwebu kommt! Der hat eine Pistole. Der hätte die Gauner einfach festgenommen.

Aber jetzt können sie sogar noch die Handys beiseiteschaffen. Weil ich so blöde war, alles zu vermasseln! Mist, Mist, Mist!

Und wenn Inspector Gwebu kommt, findet er keine Beweise mehr und kann deshalb niemanden verhaften. Und mich findet er auch nicht, weil ich hier im Schuppen sitze. Und der ist so weit weg vom Eingangsgebäude, dass er nicht mal meine Schreie hört!

Thabo guckt sich um. Aber ein guter Detektiv sollte es doch wohl schaffen, sich selbst aus diesem Schuppen zu befreien! Wo es hier so viele Werkzeuge gibt!

Er greift nach einer langstieligen Hacke. Dann klemmt er das Metall zwischen Tür und Rahmen und drückt mit aller Kraft gegen den Stiel. Das Holz der Tür macht ein knirschendes Geräusch.

„Noch mal!“, murmelt Thabo. Dieses Mal knirscht die Tür noch lauter. Und beim nächsten Mal springt sie tatsächlich auf.

Na bitte! Geschafft!

16. Kapitel

Durch ein Gebüsch aus Zierpflanzen schleicht Thabo sich gebückt zurück zum Eingangsgebäude. Vor der Tür steht jetzt tatsächlich Inspector Gwebu neben seinem Wagen und kratzt sich am Kopf.

„Nicht hier?“, fragt er verwirrt. „Thabo ist nicht hier? Mir hat er gesagt, er hätte hier eine Diebesbande festgesetzt!“

„Eine Diebesbande?“, sagt der bullige Typ und reißt erstaunt die Augen auf. „Hier?“

„Wo sollte die denn wohl herkommen, Inspector?“, fragt der Kleine mit der Brille. „Wenn hier jemand eine Diebesbande festgesetzt hätte, hätten wir das doch mitkriegen müssen!“

„Wo wir doch die ganze Zeit hier waren!“, sagt der bullige Typ wieder.

„Und wir haben diesen – wie heißt er? –

Thabo hier überhaupt nicht gesehen! Da müssen Sie etwas verwechselt haben!“

Oh, diese Tsotsis!

„Ja, das hab ich dann wohl“, murmelt Inspector Gwebu. „Obwohl, die SMS ... Merkwürdig!“ Er öffnet die Wagentür und lässt sich zurück auf den Fahrersitz fallen. „Dann will ich mal wieder fahren.“

17. Kapitel

In diesem Augenblick wird die Tür des Eingangsgebäudes von innen so heftig aufgerissen, dass sie krachend gegen die Wand schlägt.

„Halt! Inspector, halt!“, ruft der kleine alte Mann. Er kommt nach draußen gestürmt und schwenkt in jeder Hand drei Handys. „Ich hab den Beweis!“

Inspector Gwebu dreht sich zu ihm hin. „Ja, verdammt, wer ist denn das?“, ruft er. „Und was sind denn das für Handys?“

„Die haben diese beiden da geklaut!“, ruft der kleine alte Mann. „Und den Jungen haben sie weggeschleppt …“

„Was?“, ruft Inspector Gwebu und springt wieder aus dem Wagen.

„Da hab ich die Gelegenheit genutzt und mich reingeschlichen! Und wirklich, die haben massenhaft Handys unter dem Tresen gebunkert!“

„Stopp!“, brüllt Inspector Gwebu. Und damit meint er die beiden Männer, die jetzt wohl begriffen haben, dass sie überführt sind. Jedenfalls rennen sie so schnell, als wollten sie die Olympiade gewinnen. Fast so schnell wie ein Gepard. „Stopp! Hiergeblieben!“

Und dann passiert alles gleichzeitig.

18. Kapitel

Thabo springt aus dem Gebüsch und rennt den Männern hinterher. Inspector Gwebu zieht seine Pistole und gibt einen Warnschuss in die Luft ab. Und aus der Gegenrichtung kommt mit viel zu hoher Geschwindigkeit Onkel Vusis Jeep angebraust. Er hat noch nicht mal gebremst, da springt Emma schon nach draußen.

„Stopp!“, brüllt Inspector Gwebu wieder und schießt zum zweiten Mal in die Luft. Dann sieht Thabo, wie der bullige Mann lang auf den Boden schlägt. Gleich danach stürzt auch der zweite wie in einem Zeichentrickfilm.

Hat Inspector Gwebu etwa doch nicht nur in die Luft geschossen? Hat er etwa wirklich auf

die beiden gezielt? Aber wieso hat er dann mit nur einem Schuss gleich beide getroffen? Und das nicht mal gleichzeitig?

„Ich hab sie!“, brüllt Emma. „Schnell, Inspector, bevor sie wieder abhauen! Ich hab ihnen ein Bein gestellt!“

Da ist Thabo schon neben ihr.

19. Kapitel

Dann stehen sie alle um den Polizeiwagen herum, und die Diebe haben Handschellen um ihre Handgelenke und gucken wütend. Die Touristen fotografieren vom Jeep aus wie verrückt und wirken sehr zufrieden, und der kleine alte Mann klopft Thabo auf die Schulter.

„Du bist großartig, Bengel!“, ruft er. „Besser als jeder Polizist!“

Inspector Gwebu guckt ein bisschen eingeschnappt.

„Sie waren aber auch großartig, Babe!“, sagt Thabo. „Dass Sie die Beweise gesichert haben!“

„Und ich?“, fragt Emma beleidigt. „War ich etwa nicht großartig?“

Thabo schüttelt den Kopf. „Ein Bein stellen darf man nicht!“, sagt er streng. „Das tut ein Gentleman nicht, das ist gemein! Lernen schon die kleinen Kinder!“

Emma starrt ihn an. „Sag mal, bist du noch ganz klar in der Birne?“, fragt sie.

Da fängt Thabo an zu lachen. „Mann,

Quatsch, Emma!“, sagt er. „Das war total cool! Ohne dich hätten wir sie vielleicht niemals geschnappt!“

„Und ohne Inspector Gwebu auch nicht!“, sagt Emma.

„Und ohne Sie, Babe!“, sagt Thabo und streckt dem alten Mann seine Hand hin.

„Und ohne dich schon gar nicht!“, sagt der und schüttelt Thabos Hand so wild wie ein Krokodil seine Beute. „Na, dann waren wir ja heute wieder mal ein gutes Team!“, sagt Inspector Gwebu und räuspert sich.

„Sie können sich gerne jederzeit wieder bei uns melden, wenn Sie Unterstützung brauchen, Inspector!“, sagt Thabo.

Emma nickt. „Jederzeit!“, sagt sie.

Inspector Gwebu braucht nämlich eigentlich immer Unterstützung.

Worterklärungen

Babe: Vater, auch respektvolle Anrede für ältere Männer
Gentleman: Ein vornehmer Herr mit gutem Benehmen, teurer Kleidung, gutem Charakter und viel Geld – jedenfalls stellt sich das Thabo so vor!
Ngiyacolisa: Entschuldigung (Ich entschuldige mich)
Ranger: Parkaufseher
Sanibonani: Guten Tag (wenn man mehrere Menschen begrüßt)
Sawubona: Guten Tag
Tsotsi: Verbrecher, Gauner
Yebo: Ja

Namensliste

Thabo Sonnyboy Shongwe: Will später mal Gentleman und Privatdetektiv werden.
Emma Chapman: Tochter von Ms Wendy Chapman und Thabos beste Freundin.
Miss Agatha: Großtante von Emma.
Ms Wendy Chapman: Emmas Mutter und Besitzerin des Hotels Lion Lodge.
Inspector Quinton Gwebu: Polizeichef von Debedebe.
Onkel Vusi: Ranger im Lion Park und Thabos Onkel, bei dem er lebt.

LESESTARTER

Erwischt ihr die Diebe ?

Spiel für 2 Spieler

Ihr braucht: 2 Spielfiguren, 1 Würfel, Papier, Schere, 5 Kiesel

Schneidet 9 Papierstückchen aus und deckt damit die Buchstabenfelder zu. Legt die Kiesel auf die Felder der Diebe. Stellt eure Spielfiguren auf Start und würfelt abwechselnd.
Landet ihr auf einem Thabo-Feld, nehmt ihr ein Papierstück weg. Wer das Wort zuerst herausbekommt, darf das Papier behalten. Würfelt ihr eine 6, wird ein Kiesel weggenommen. Sind alle Kiesel weg, sind euch die Diebe entwischt. Sind vorher alle Zettel weg, hat der Spieler mit den meisten Papierstückchen gewonnen.

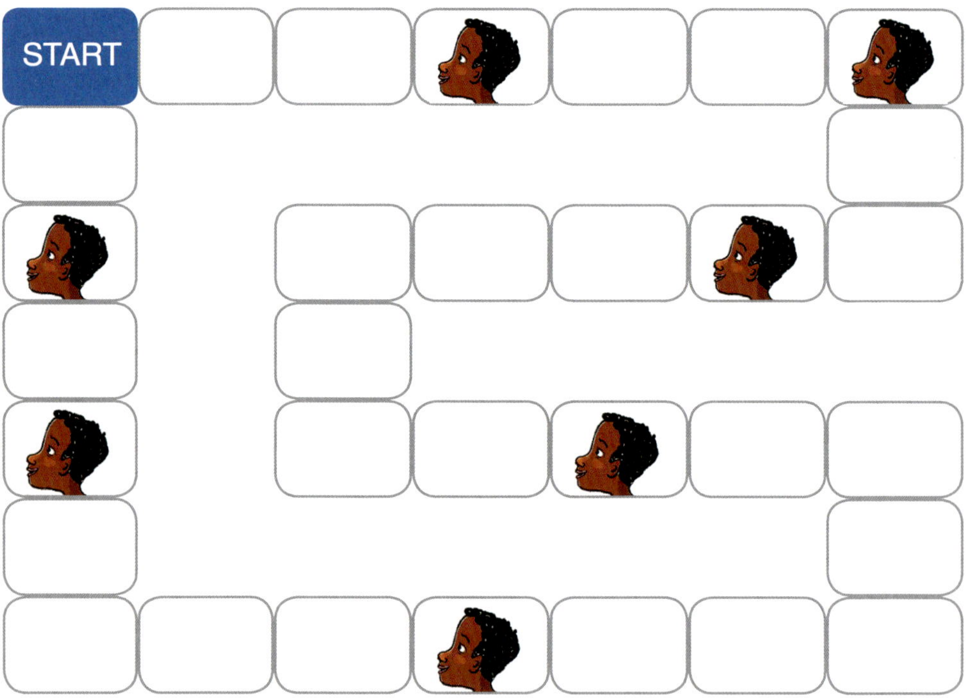

l P o t e k n r s	d a H n y	t e a e e k z M r
i f a a S r	r i P d e N f l	r o u t i e T n s
r d o K l k o i	l t e a E n f	o L r d e p a

Lösung: Inspektor, Handy, Meerkatze, Safari, Nilpferd, Touristen, Krokodil, Elefant, Leopard

MIX
Papier aus verantwortungsvollen Quellen
FSC
www.fsc.org
FSC® C108521

Titelillustration und farbige Bilder von Maja Bohn
Einband- und Reihengestaltung von Andrea Pieper
Druck und Bindung: optimal media GmbH
Glienholzweg 7, 17207 Röbel / Müritz
Printed 2019
ISBN 978-3-7891-1067-2

www.kirsten-boie.de
www.moewenweg-stiftung.de
www.oetinger.de